Monika Kosel · Empfehlenswerte »Symbiose«

AF285802

Monika Kosel

Empfehlenswerte
»Symbiose«

Illustrationen: Katja Fiebig und Isgard Pawallek

© 2006 Monika Kosel
Illustrationen: Katja Fiebig und Isgard Pawallek
Satz und Layout: Buch&media GmbH, München
Umschlaggestaltung: Kay Fretwurst, Spreeau
Herstellung und Verlag: Books on Demand GmbH, Norderstedt
Printed in Germany
ISBN 3-8334-2343-9

1. Kapitel

Heut' gehe ich mal früh zu Bett,
doch nicht, weil's heute regnet,
Nein, wegen meinem Freund, dem Jet,
der wär mir sonst begegnet.

Den Regen mag er allzumal;
ich nicht, ich werd' dann still.
Er wird dadurch sentimental
und stets zu mir dann will!

Mein Freund ist ungern nur allein.
Drum geht er in den Wald.
Dort mag er schon recht gerne sein,
wo Vogelsang erschallt.

Und ist er erst einmal im Wald
und lauschet dem Gesang,
sieht er drauf auch mein Haus recht bald;
sonst wär die Zeit ihm lang.

———————————————

So weiß dergleichen er noch mehr
als nur das Vogelsingen
und liebt treffs Einsamkeit es sehr,
sich so von abzubringen.

Die Ruhe bringt es an den Tag an Stelle von Träumereien nachzudenken und zu dem Ergebnis zu kommen, schnellstmöglich handeln zu müssen. Also, aufgestanden und ran an die Arbeit; nur so erfährt man Erfolg!

Isgard
Pawellek

2. Kapitel

Ich gegen Jet bin gern allein,
er, wie bekannt, mag mich.
Und kommt er doch, sag ich nicht nein:
Auf Arbeit freut er sich.

Mein ist der Wald; drauf bin ich stolz.
Mein Freund will zwar nicht wohnen
in ihm, doch meint er: »So viel Holz –
da wird sich Arbeit lohnen!«

Das ist mir recht, das sieht gut aus;
das kommt mir ganz gelegen!
Ich sag's ihm frei von mir heraus:
»Auf uns ruht Gottes Segen!«

Bei so viel Unordnung im Wald,
den schließlich ich verwalte,
gesammelt Holz, was ist schon alt,
für Arbeit er erhalte.

––––––––––––––––––––––––

So sammelt Jet tagaus, tagein;
darf selbiges behalten.
Ich gegen bin für mich allein.
Mein Wald bleibt auch erhalten!

… bezüglich 2. Kapitels

*Holz ist nicht gleich Holz. Aus meinem Holz geschnitten
zu sein, bedeutet, sich Hals über Kopf in ein Problem zu
stürzen, dessen Früchte man erst später erkennt.*

3. Kapitel

Mein Freund besitzt sehr viele Leute,
die helfen könnten mit.
Doch voller Lust nach Holzesbeute
macht keiner einen Schritt.

Weil jeder auch mal essen muß,
und dies' teils nicht zu knapp,
weiß ich: Jet hat's im Überfluß,
der gibt mir davon ab!

Der tut es mit Begeisterung.
Sein Garten, der ist voll!
Er bringt sie mit 'nem Katzensprung,
die Früchte – Jet ist toll!

Das heißt, das tun nun seine Leute,
die anzustellen er so weiß,
als wenn er still für sich bereute,
sein Gut verwild're leis'.

———————————————

So hat mein Freund auch nicht mehr Sorgen,
wie bleib' ich ihm wohlauf,
und ich leb' stets von heut' auf morgen;
nehm' den Besuch in Kauf.

… bezüglich 3. Kapitels

Essen hält Leib und Seele zusammen. Wer zuviel dessen hat, sollte es nicht vor die Hunde werfen, sondern dem geben, der daraus mehr zu machen versteht als er.

4. Kapitel

Zuweilen liebt er auch die Sonne,
mein Freund, der Jet, ich stets.
Doch für uns beide eine Wonne
ist's, wenn ins Wasser geht's!

Er sagt, er tu's, weil er gern schwimme.
Gesagt! Getan! Gemacht!
Doch leider – und das ist das Schlimme –
tut lieber er's bei Nacht!

»Ist auch nicht schlecht«, beruhige ich mich,
»wenn ich's nur tu am Tag«,
denn folgendes hat Freundschaft für sich,
weil ich getrennte mag:

Schwimm er nur nachts, das ist schon richtig,
und hör' den Fröschen zu,
weil, da auch Nachrichten sind wichtig,
dies' gute Bildung tu.

———————————————

So bleibt es bei: Ich hör' sie tags
von Fischen, wenn ich bade,
er nachts. So muss es sein, ich sag's:
So seh'n wir Freundschaft g'rade!

... bezüglich 4. Kapitels

Stille Wasser sind tief; was jedoch ganz unten am Boden vor sich geht, besteht aus lauter intelligentem Geist, dessen Leben man studiert haben muß, um es dann erst zutage befördern zu können.

5. Kapitel

Die Nachrichten gehört von andern,
hieße es nun, ab in die Stadt.
Doch nein, geirrt! Von wegen wandern
so weit! Da weiß mir Jet 'nen Rat.

»Mein Freund, ich möchte dich nicht missen,
das lasse ich partout nicht zu!«
Das wollte ich genauer wissen,
dies' ließ mir einfach keine Ruh'

Ich hab' doch viel Erledigungen
bei Bürgermeister, Amt, Gericht!
Hab' schon um meinen Wald gerungen!
Bin da gespannt, was mein Freund so spricht.

Der sagt, er hab' 'ne Menge Tauben,
die lesen lehren sollte ich,
denn betreffs Post hab' er den Glauben,
zu schreiben nur, wär' was für mich.

So lehrt' ich nun die Tauben lesen,
zu meinem Vorteil! Wie mir schien,
ist Posttransport durch diese Wesen
ein Vorteil ferner auch für ihn.

… bezüglich 5. Kapitels

Lehren will gelernt sein! Demnach ist einem jemand auch dann nicht zu dumm, wenn er einem in der Not aus der Misere zum Erfolg führen kann. Welch kluge Hilfe!

ISGARD
Pawellek

6. Kapitel

Mir dennoch prompt ein Bein gebrochen,
wenn auch nicht wandern müssen sehr,
dacht' ich: »Auf allen vier'n gekrochen? –
Das muß nicht sein. Da muss was her!«

Ich rief mir Jet. Der hatt's gehört.
Mein Freund fand mich recht krank.
Doch war er deshalb nicht verstört.
Oh nein, was Gott sei Dank!

Er wußte nämlich nicht, wohin
bisher mit seinem Kraut;
teils giftig zwar doch Heil'n im Sinn,
sich sehnt nach solcher Haut.

Der Thymian, die Arnika,
Nachtschatten und Salbei
auf seiner Wiese blüh'n alsda.
Sein Rindvieh mied derlei.

So wurd' gesund ich: Gewußt wie!
Der Kräuter ihren Brauch
verdank' ich seinem Rindervieh;
letztendlich Jet mir auch!

... bezüglich 6. Kapitels

Gift heilt! Das heißt, daß man auch hin und wieder mit Paradoxem Bekanntschaft machen muß und dieses gelten lassen kann; falls man es nicht sogar dringend benötigt!

ISGARD   Pamiellek

7. Kapitel

Doch gibt es auch Reparaturen,
der aufzuzählen wär zuviel.
Die hinterlassen freilich Spuren
und insgeheim mit einem Ziel.

Folgendermaßen sieht das aus:
Wer bei mir repariert,
dem sei durch dieses schöne Haus
Belohnung garantieret.

Und so schickt Jet mir seine Leute,
die dafür wollen in den Wald.
Doch kam mir der Gedanke heute:
»Das soll so leicht nicht gehen. – Halt!

Wenn ihr in diesen wollet,
genießen seine Welt,
ihr mir versprechen sollet,
dass dies' auch bringe Geld!«

So kommt mein Wald zu Ehren,
sein Stadtbesuch mich weckt;
und der Erfolg will lehren:
Jet hilft auch indirekt.

... bezüglich 7. Kapitels

Gewußt wie! Bringt es einem schließlich doch sehr viel, wenn andere daran Interesse haben, einen reich zu machen.

ISGARD
Pawellek

8. Kapitel

Nebenbei sei hingewiesen
auch auf meines Waldes Kraft,
Fähigkeit zu leuchten, riesen-
großes Licht er weit nachts schafft!

Das heißt, dass er es wieder kann,
verdank' ich Jets Blamage;
in Form, wie er es hat getan,
liegt unter der Courage!

Gesagt sei folgendes dazu
daß Glühwürmchen, die Meinen
statt leuchten nachts in Dämmerruh,
nicht wollten mehr, die Kleinen!

Wenn überlegte ich auch noch
so sehr nach jenem Grund,
mein Freund spielt mit sei'm Schlüssel doch,
und – runter fällt das Bund!

———————————————

So suchten's nachts im Walde wir.
Das Handicap davon:
Das dadurch munt're Glühwurmtier
sorgt nachts wieder für Sonn'!

... bezüglich 8. Kapitels

Wie leicht ist einem doch die Schuld zu vergeben, wenn ein anderer damit Erfolg gehabt hat!

ISGARD
Prawellek

9. Kapitel

Ähnlich wär's fast mir ergangen
am darauffolgenden Tag:
Tat um meine Ehr' ich bangen
doch, weil ich nicht alles sag'.

Nahm ich doch bei Geldrückgabe
im Geschäft 'nen Zehner mehr;
durch Verseh'n ich mehr nun habe,
freut' der Schein mich erst nicht sehr.

Erst sehr viele Tage später
vertraut' Jet ich dieses an.
Kein Problem! Prompt nämlich geht er
selbstbewußt zum Handelsmann:

Fragt ihn, wann er daran denke,
für mich neuen Kunden nun
ihm als Lohn an zehn Mark schenke,
wie er's pflege, stets zu tun.

So sollt' Jet das Geld erhalten,
freundlich dankend wies der ab.
Lob sollt' darauf ob ihn walten.
Ja, durch mich! – Daß ich ihn hab'!

... bezüglich 9. Kapitels

Wer einmal lügt, dem darf man schon mal glauben, wenn er in seiner Not gehandelt hat; der Händler handelt selber – und das immer!

10. Kapitel

Ebenso verhält sich's hierbei,
wie man später sicher sieht;
wieder einmal durch mich dies' sei
was, daß Gutes ihm geschieht:

Ab und zu auch kommen Diebe
in den Diamantenberg,
der mein Eigen, und mit Liebe
machen sie sich frisch ans Werk.

Dem ward Einhalt jetzt geboten
durch die Richter in der Stadt,
die den Missetätern drohten,
Sühnearbeit mach' sie satt!

Als Bewährungsstätte seh'n sie
meines Freundes Unterkunft.
Er und seine Leut' lehn' ab nie
die der Branche »Diebeszunft«.

So hofft Jet auf neue Täter;
kostenloser Dienst – sein Glück!
Ich erhalt' lediglich später
stets mein Eigentum zurück!

... bezüglich 10. Kapitels

Arbeit macht frei! Was nicht heißen soll, daß dann auch dem Tätigen zugute kommt, was daraus an Gewinn gewachsen ist. Bei einem Sklavenhalter verhält es sich ähnlich.

Isgard
Powelek

11. Kapitel

Als gelung'nen Ausgleich dessen
jedoch sah ich jenen an, –
ja, ich hielt für sehr vermessen,
daß Jet durch mich siegen kann!

Bin bekanntlich ich doch nur der,
welcher profitiert durch ihn;
umgekehrt wär ein verkehrter
Kompromiß bei uns zu zieh'n!

Somit plante insgeheim ich,
wie aus seiner Blumenpracht,
die im Garten blühet herrlich,
man sich folglich Nutzen macht.

Seitdem schick' ich meine Bienen,
weil ich Honigliebling bin,
stets in vollem Schwarm zu ihnen;
nur mein' Vorteil bei im Sinn.

_____

So komm' ich auf meine Kosten,
wen'ger Jet, – das war mein Ziel.
Meine Bien' sind auf dem Posten,
seine Blumen mit im Spiel!

... bezüglich 11. Kapitels

Sich mit fremden Erfolgen schmücken bringt einem sehr wohl dann etwas, wenn jemand diese auf Kosten dummer Basis von einem erlangt hat und sich damit rühmen will.

12. Kapitel

Weil einmal auch Geburtstag ist,
bei meinem Jet so heute,
riet ich ihm drum mit recht viel List,
weil er drob' seufzt: »Ach, Leute! …

Schenkt bitte nichts; ich geb' auch nichts.«
»Ach, Jet! Denk doch: die Hühner …
die zwanzig heute!« Denkt und spricht's:
»Stimmt! Heut' müßt' sein ich kühner!«

»Ja, zwanzig Jahre werd' ich alt,
und freu'n tut mich dein Rat!«
Natürlich int'ressiert mein Wald
mich mehr, weil bald was naht!

Es wollen nämlich Leute lernen
von mir, der Symbiose treibt, –
ob sie's versteh'n, steht in den Sternen, –
wie man sich dieses einverleibt.

So braucht' ich Federkiele
zum Schreiben; erstens dies',
der, zweitens, Feier Ziele
Jet wegen Hühner ließ.

... bezüglich 12. Kapitels

Viel Glück und viel Segen sind immerdar gegeben, wer sich darauf versteht, mit jemandem ständig erfolgreich Hühnchen zu rupfen.

13. Kapitel

Sehr groß war offenbar die Feier,
sehr wichtig für mein Ego ich,
das heißt daß Publikum im Schleier
des Mondlichts erst voll trennte sich.

Das wiederum heißt jetzt für Jet,
daß er müßt' Land entbehren,
damit – er wird doch sein so nett? –
sich meine Leute mehren.

Sie nämlich, was mich staunen läßt,
woll'n, da ihr Weg teils weit,
daß jeder mein Gebiet erfäßt,
durch Näherwohn' mehr Zeit.

Auch fragt mein Freund schon lang', wozu
sollt' er mir Land nicht geben,
er habe doch erst seine Ruh',
wenn alle glücklich leben.

———————————————

So wuchs ein Haus, ein Weg zu best,
und alle, alle kamen!
Jetzt ist es raus, jetzt steht es fest:
Der Weg trägt meinen Namen!

... bezüglich 13. Kapitels

Jeder hat seinen eigenen Weg zu gehen, was jedoch bei jedem ein anderer ist. Wenn allerdings jemand zuweilen auch in diesen einem selbst gehörenden einschlägt, so sollte er einem diesen nicht durch eingelegte Steine versuchen zu verbauen, weil ihm der seine als Hindernis vorkommt!

Irsgard
Pawellek

14. Kapitel

Dergleichen an Symbiose,
von der die Rede war,
hab'n wir zwei mehr noch lose.
Nein, wir tun uns nicht rar.

Wer also hat Int'resse
an uns'rer Wissenschaft,
dem sei, eh' ich's vergesse,
gesagt, daß keiner haft'

von seiten uns'rer für die Mühe,
die mancher aufgebracht
und feststellt, es war doch zu frühe
geglaubter Wissensmacht!

Denn Studium und Fähigkeit
sind zwei verschied'ne Dinge!
Wer nicht erklärt sich für bereit,
daß er's zu Wege bringe?

————————————————

So schließlich nur wir beide
beherrschen vorerst das.
Ich und mein Jet zum Leide
der andern; uns zum Spaß!

... bezüglich 14. Kapitels

Nur am Rande sei gesagt mit den Begleittexten, was man eventuell anderes aus den sich reimenden Zeilen ersehen kann; der wahre jeweilige Kern jedoch läßt anderes zu verstehen übrig. Da steht es jedem frei, sich seinen eigenen Reim darauf zu machen, wie er den – jedoch nur einen – Sinn der gesamten Kapitel erfaßt!

Inhalt

1. Kapitel 6
... bezüglich 1. Kapitels 8
2. Kapitel 10
... bezüglich 2. Kapitels 12
3. Kapitel 14
... bezüglich 3. Kapitels 16
4. Kapitel 18
... bezüglich 4. Kapitels 20
5. Kapitel 22
... bezüglich 5. Kapitels 24
6. Kapitel 26
... bezüglich 6. Kapitels 28
7. Kapitel 30
... bezüglich 7. Kapitels 32
8. Kapitel 34
... bezüglich 8. Kapitels 36
9. Kapitel 38
... bezüglich 9. Kapitels 40
10. Kapitel 42
... bezüglich 10. Kapitels 44
11. Kapitel 46
... bezüglich 11. Kapitels 48
12. Kapitel 50
... bezüglich 12. Kapitels 52
13. Kapitel 54
... bezüglich 13. Kapitels 56
14. Kapitel 58
... bezüglich 14. Kapitels 60